Mi amiga Berta

Berta aprende a nadar

Una historia de **Liane Schneider**
con ilustraciones de **Eva Wenzel-Bürger**

Traducción y adaptación
de Teresa Clavel y
Ediciones Salamandra

 salamandra

Lena, la amiga de Berta, va a presentarse muy pronto a la prueba del primer nivel de natación. A Berta le encantaría saber nadar. Por ahora, se conforma con sumergirse en la bañera y salpicar todo el cuarto de baño. Su madre está harta de fregar el suelo, así que decide telefonear para inscribir a Berta en clases de natación.

—Qué suerte —dice después de colgar—. Quedaba una plaza.
¡Así dejarás de inundar la casa!

El día tan esperado llega por fin. Berta prepara su mochila:
mete el bañador, la toalla, los manguitos, gel y un peine.
¡En marcha hacia la piscina! Una vez en los vestuarios, Berta
quiere ponerse el bañador y lanzarse enseguida al agua.

—Antes tienes que ducharte —le explica su madre.

—¿Tengo que lavarme antes de meterme en el agua?

—Sí. No estás sola en la piscina. Por eso hay que lavarse antes de meterse en ella.

Berta se reúne por fin con los otros niños alrededor de la piscina. Todos están muy emocionados. El profesor les dice:
—Sentaos y meted los pies en el agua para acostumbraros a la temperatura.
Los niños empiezan a chapotear y el agua salpica cada vez más alto. ¡Berta se lo pasa en grande!

—¡Ahora, todos al agua!
Muchos niños saltan sin pensárselo. ¡Algunos ya saben nadar un poco! Otros vacilan. El profesor les dice que no tengan miedo: en la piscina pequeña, el agua sólo llega hasta los hombros.
Berta chapotea alegremente. Camina en el agua como una garza, brinca como una rana y salta a la pata coja.

—Ahora —dice el profesor—, agarraos de la mano. Contaré
hasta tres, y entonces todos meteréis la cabeza bajo el agua.
Contened la respiración. Uno, dos, tres...
Y, así, acaba la primera clase.

El segundo día, la clase empieza fuera del agua.
—Vamos a aprender a mover los brazos y las piernas a la vez
—dice el profesor—. Tenéis que imitarme.
¡No es fácil!
A continuación, los niños se meten en el agua para practicar
los movimientos.

El profesor le da una tabla a cada niño
para que practique con las piernas.
—Bueno —dice un rato después—,
ahora dejad la tabla en el borde de
la piscina y haced los movimientos
de los brazos. Luego haréis todos
los movimientos a la vez.
Y, después de estos ejercicios, el
profesor les deja jugar y tirarse
al agua. Esto es lo que más le gusta
a Berta porque salpica mucho.

Berta ha hecho tantos progresos que ya puede quitarse
los manguitos. Sólo lleva un cinturón flotador.
Poco a poco adquiere seguridad, y el profesor retira
las piezas del cinturón una tras otra.
Y cuando al fin deja de necesitar cinturón, Berta está
muy orgullosa de sí misma.

Berta ya no lleva ni manguitos ni cinturón flotador. Aprende
a zambullirse y bucear.
—Berta —dice el profesor—, sumérgete y pasa entre mis piernas.
¡Vamos, al agua!
Más tarde, todos los niños tienen que recoger unas anillas del
fondo de la piscina.

Hoy es el gran día: Berta va a hacer la prueba del primer nivel de natación, el de caballito de mar.

Tiene que nadar veinticinco metros en la piscina grande.
Como se ha entrenado mucho, supera la prueba fácilmente.
—Ahora tienes que bucear para agarrar la anilla que está
en el fondo de la piscina —le dice el profesor.
¡Berta lo consigue!

En la entrega de los diplomas de natación, Berta está muy
orgullosa de recibir su insignia en forma de caballito de mar.
En cuanto llega a casa, le pide a su madre que se la cosa en
el bañador:

—¡Ahora, mamá, por favor!

Muy contenta con su caballito de mar, Berta continúa con las clases de natación para seguir mejorando. ¡Ahora quiere obtener el diploma de delfín!

Título original: *Conni macht das Seepferdchen*

Copyright © Carlsen Verlag GmbH, Hamburgo, 1993
www.carlsen.de
Copyright de la edición en castellano © Ediciones Salamandra, 2011

Derechos de traducción negociados a través de
Ute Körner Literary Agent, S.L. Barcelona - www.uklitag.com

Publicaciones y Ediciones Salamandra, S.A.
Almogàvers, 56, 7º 2ª - 08018 Barcelona - Tel. 93 215 11 99
www.salamandra.info

Reservados todos los derechos.

ISBN: 978-84-9838-391-1

1ª edición, octubre de 2011 • *Printed in China*